AF454557

CATALOGUE

D'UN

CHOIX DE LIVRES

EN PARTIE RELIÉS PAR DEROME

PROVENANT DE LA

BIBLIOTHÈQUE D'UN ANCIEN PRÉSIDENT

AU PARLEMENT DE PARIS

Dont la vente aura lieu le samedi 9 mai 1874
à 2 h. précises

Hôtel des commissaires-priseurs, rue Drouot
SALLE No 4

Par le ministère de Mᵉ **Delbergue-Cormont**, commissaire-priseur
Rue de Provence, 8

EXPOSITION DE 1 HEURE A 2 HEURES

PARIS

ADOLPHE LABITTE

LIBRAIRE DE LA BIBLIOTHÈQUE NATIONALE

4, RUE DE LILLE, 4

1874

Paris. — Typographie Georges Chamerot, rue des Saints-Pères, 19.

CATALOGUE

D'UN

CHOIX DE LIVRES

EN PARTIE RELIÉS PAR DEROME

PROVENANT DE LA BIBLIOTHÈQUE

D'UN ANCIEN PRÉSIDENT AU PARLEMENT DE PARIS

THÉOLOGIE.

1. Biblia sacra, vulgatæ editionis. *Parisiis, Ant. Vi-tré,* 1652, 8 vol. in-12, v. f.

2. La Sainte Bible, en latin et en françois, avec des explications, par Le Maistre de Sacy. *Bruxelles,* 1705-1730, 44 vol. in-12, v. f. tr. dor.

3. Le Meilleur Livre, ou les Meilleures Étrennes que l'on puisse donner et recevoir : prenez, lisez et pratiquez. *Paris, Prault père,* 1755, 2 vol. in-12, fig. mar. r. larges dentelles, tr. dor. (*Rel. anc.*)

4. L'Office de la quinzaine de Pasques, latin-fran-çois, à l'usage de Paris. *Paris, les libraires asso-ciés,* 1760, in-12, mar. r. dent. tr. dor. (*Rel. anc.*)

5. Le Petit Paroissien à l'usage de Paris et de Rome. *Paris, Louis-Guillaume de Hansy,* 1764, in-12, mar. r. fil. tr. dor. (*Rel. anc.*)

6. Le Livre du chrétien. *Mons, Gaspard Migeot*, 1667, 4 vol. pet. in-8, réglé, mar. r. jans. doublé de mar. r. dent. tr. dor. (*Rel. anc.*)

Bel exemplaire.

7. L'Office de la Semaine-Sainte, à l'usage de la maison du roi. *Paris, impr. de Jacq. Collombat*, 1726, in-12, mar. r. jans. tr. dor. (*Rel. anc.*)

8. Manuel du Chrétien, contenant le livre des Pseaumes, le Nouveau Testament, l'Imitation de Jésus-Christ. *Cologne, aux dépens de la compagnie*, 1740, pet. in-12, mar. v. fil. tr. dor. (*Rel. anc.*)

9. Eucologe, ou livre d'église à l'usage de Paris, contenant l'office des dimanches et des fêtes. *Paris, libraires associés*, 1774, 2 vol. in-12, mar. v. fil. tr. dor. (*Rel. anc.*)

10. Le Petit Paroissien, en latin et en françois, selon l'usage de Paris et de Rome. *Paris, de Hansy*, 1777, 4 vol. in-12, mar. r. dent. tr. dor. (*Rel. anc.*)

11. Eucologe, ou livre d'église à l'usage de Paris. *Paris, libraires associés*, 1778, in-12, mar. v. dent. tr. dor. (*Rel. anc.*)

12. THOMÆ A KEMPIS, canonici regularis ord. S. Augustini, de Imitatione Christi libri quatuor. *Lugduni, apud Joh. et Dan. Elsevirios, s. d.*, pet. in-12, réglé, titre gravé mar. r. dent. doublé de mar. r. dent. tr. dor.

Jolie reliure de Boyet sur laquelle on a ajouté, au dix-septième siècle, des fers à la Derome.

13. Catéchisme historique, contenant en abrégé l'histoire sainte et la doctrine chrestienne, par M. Claude Fleury. *Bruxelles, Eug.-Henry Fricx*, 1692, in-12, fig. mar. r. fil. tr. dor. (*Rel. anc.*)

14. Histoire du Clergé séculier et régulier, des congrégations de chanoines et de clercs, et des ordres religieux de l'un et de l'autre sexe qui ont été établis jusques à présent. Nouvelle édition ti-

rée du R. P. P. Bonami, de M. Herman, etc.
Amsterdam, P. Brunel, 1716, 4 vol. pet. in-8, fig.
v. gr.

15. Lettres édifiantes et curieuses, écrites des Missions étrangères, par quelques missionnaires (recueillies par les P. P. Le Gobien, du Halde, Ingoult, la Neuville, etc.). Nouvelle édition. *Paris, Mérigot,* 1780-83, 26 vol. in-12. v. gr.

16. Pensées de M. Pascal sur la religion et sur quelques autres sujets, qui ont été trouvées après sa mort parmy ses papiers. *Suivant la copie imprimée à Paris,* 1679, pet. in-12, mar. fil. tr. dor. (*Rel. anc.*)

17. OEuvres de Blaise Pascal. *La Haye, Detune,* 1779, 5 vol. in-8, portr. v. mar. fil.

18. Essai de morale (par P. Nicole). *Paris, Guil. Desprez et Ch. Osmont,* 1715-1765, 24 vol. pet. in-12, már. r. fil. tr. dor. (*Rel. anc.*)

JURISPRUDENCE.

19. Institutiones D. Justiniani SS. Princ. typis variæ, rubris nucleum exhibentibus. *Amstelodami, apud Danielem Elsevirium,* 1676, pet. in-12, mar. r. dent. tr. dor. (*Rel. anc.*)

20. Ordonnance de Louis XIV, roy de France et de Navarre, donnée à Saint-Germain-en-Laye, au mois d'avril 1667. *Paris, libraires associés,* 1717, in-16, mar. r. fil. tr. dor. (*Rel. anc.*)

21. Ordonnance de Louis XIV, roy de France et de Navarre, pour les matières criminelles, donnée à Saint-Germain-en-Laye au mois d'août 1670.

Paris, libraires associés, 1724, in-16, mar. r. fil. tr. dor. (*Rel. anc.*)

22. Ordonnance de Louis XIV, roi de France et de Navarre, sur le fait des eaux et forêts, donnée à Saint-Germain-en-Laye. *Paris, libraires associés*, 1765, in-16, mar. r. tr. dor. (*Rel. anc.*)

SCIENCES ET ARTS.

---

23. OEuvres complettes de M. Helvétius. *Liége, Bassompierre*, 1774, 4 vol. in-8, portr. v. f. fil. tr. dor.

24. OEuvres philosophiques de M. de la Mettrie. *Amsterdam*, 1753, 2 vol. pet. in-12, mar. r. fil. tr. dor. (*Rel. anc.*)

25. Le Corps politique, ou les éléments de la loy morale et civile, avec des réflexions sur la loy de nature, etc., par Thomas Hobbes. *S. l.*, 1652, pet. in-12, fig. mar. r. fil. tr. dor. (*Rel. anc.*)

26. Aristippe, ou de la Cour, par M. de Balzac. *Leide, J. Elsevier*, 1658, in-12, mar. r. fil. tr. dor. (*Rel. anc.*)

27. Traitté des Parlemens ou estats généraux, composé par Pierre Picault. *Cologne, P. Marteau*, 1679, pet. in-12. mar. r. fil. tr. dor. (*Rel. anc.*)

28. Les Vrayes Centuries et prophéties de maistre Michel Nostradamus. *Amsterdam, J. Jansson*, 1668, pet. in-12, front. gr. et portr. mar. r. fil. tr. dor. (*Rel. anc.*)

BELLES-LETTRES.

29. La Manière de bien penser dans les ouvrages d'esprit (par le P. Bouhours). *Amsterdam, Abraham Wolfgang,* 1688, pet. in-12, mar. r. fil. tr. dor. (*Derome.*)

Bel exemplaire. Hauteur : 130 mill.

30. La Logique, ou l'Art de penser (par Mercier). *Amsterdam, Abraham Wolfgank,* 1675, pet. in-12, mar. r. fil tr. dor.

31. Les OEuvres d'Homère traduites en françois par Mme Dacier. *Amsterdam, Wetsteins et Smith,* 1731, 7 vol. in-12, fig. de B. Picart, mar. r. fil. tr. dor. (*Derome.*)

Bel exemplaire.

32. Traduction complète des poésies de Catulle, par Fr. Noël. *Paris, Léger,* 1803, 2 vol. in-8, v. marbr. fil.

33. Élégies de Tibulle, par Mirabeau. *Paris,* 1798, 3 vol. in-8, fig. v. dent. (*Taches d'humidité.*)

34. Élégies de Properce, traduites par M. Delongchamps. *Paris, L. Duprat,* 1802, 2 vol. in-8, fig. de Marillier, v. marbr. fil.

35. Les Métamorphoses d'Ovide, traduction nouvelle, par Malfilâtre. *Paris, Plassan, an VII,* 3 vol. in-8, fig. bas. fil.

36. Satires de Juvénal, traduites par J. Dusaulx. *Paris, Merlin,* 1803, 2 vol. in-8, portr. v. marbr. fil.

37. La Pléiade françoise, ou l'esprit des sept plus grands poëtes (publiée par Daquin). *Berlin, libraires associés,* 1754, 2 vol. in-12, v. marbr.

38. Les OEuvres de Clément Marot de Cahors. *La Haye, Adrian Moetjens,* 1700, 2 vol. pet. in-12, mar. r. fil. tr. dor. (*Derome.*)

Bel exemplaire, sauf une légère mouillure dans le haut. Haut. : 130 mill.

39. OEuvres de Regnier. *Londres, Woodman,* 1730, 2 tom. en 1 vol. in-8, v. f. fil. tr. dor.

40. Les Satyres et autres œuvres du sieur Regnier. Selon la copie imprimée à Paris (*Leyde, Elsevier*), 1642, pet. in-12, mar. r. fil. tr. dor. (*Rel. anc.*)

41. OEuvres de M. Boileau-Despréaux, nouvelle édition, avec des éclaircissements historiques, par M. de Saint-Marc. *Paris, David,* 1747, 5 vol. in-8, portr. et fig. v. marbr.

42. Poésies françoises de M. l'abbé Regnier-Desmarais. *Amsterdam, Arkstée et Merkus,* 1753, 2 vol. in-12, v. marbr.

43. Recueil de quelques pièces nouvelles et galantes, tant en prose qu'en vers. *Cologne, Pierre du Marteau,* 1663, pet. in-12, mar. r. fil. tr. dor. (*Rel. anc.*)

Le titre est doublé.

44. Recueil de quelques pièces nouvelles et galantes, tant en prose qu'en vers. *Cologne, Pierre du Marteau,* 1684, 2 part. en 1 vol. pet. in-12, mar. r. fil. tr. dor. (*Derome.*)

45. L'Espadon satyrique, par le sieur d'Esternod, reveu et augmenté de nouveau. *A Cologne (Hollande), chez Jean Descrimerie,* 1680, pet. in-12, fig. mar. r. fil. tr. dor. (*Derome.*)

Le bas du titre est raccommodé. Il manque un feuillet à la signature A.

46. OEuvres de M. Dorat. *Neuchâtel,* 1776, 9 vol. in-8, v. marbr. fil. (*Piqûres de vers et taches d'humidité au tom. III.*)

47. Collection d'héroïdes et pièces fugitives de Dorat, Colardeau, Pezay, Blin de Saint-More et au-

tres. *Francfort et Leipsig*, 1769-71, 10 vol. pet.
in-12, mar. v. fil. tr. dor. (*Rel anc.*)

48. OEuvres de J.-B. Rousseau. *Paris, Rémont,*
1795, 4 vol. in-8, portr. et fig. v. marbr. fil. (*Taches d'humidité.*)

49. OEuvres de Léonard, recueillies et publiées par
Vincent Campenon. *Paris, impr. de Didot jeune,*
1797, 3 vol. in-8, v. marbr. fil.

50. OEuvres de M. le chevalier de Bertin. *Paris,*
Gatley, 1791, 2 vol. in-32, fig. mar. r. fil. tr. dor.
(*Rel. anc.*)

51. OEuvres complètes de Grécourt. *Paris, impr.*
de Chaignieau, an V (1796), 3 vol. in-8, fig. de
Fragonard, v. rac. dent.

52. Les Jardins, ou l'Art d'embellir les paysages,
poëme par M. l'abbé Delille. *Paris, Valade et Ca-*
zin, 1782, in-32, fig. mar. r. fil. tr. dor. (*Rel.*
anc.)

53. OEuvres choisies de P. Lanjon. *Paris, L. Col-*
lin, 1811, 4 vol. in-8, portr. bas. rac. fil.

54. Anthologie françoise, ou chansons choisies depuis le treizième siècle jusqu'à présent (par Monnet). *S. l. (Paris, Barbou)*, 1765, 3 vol. — Chansons joyeuses, par un âne-onyme onissime (Collé).
A Paris, à Londres et à Ispahan seulement. Paris,
Barbou, 1765, 2 part. en 1 vol.; ensemble 4 vol.
in-8, fig. de Gravelot, v. f. fil. tr. dor.

55. OEuvres de M. Vadé, ou recueil des opéras-co-
miques, parodies et pièces fugitives de cet auteur.
Paris, N.-B. Duchesne, 1758, 4 vol. in-8, portr.
v. mar. br.

56. OEuvres complettes d'Alexandre Pope, traduites
en françois. *Paris, veuve Duchesne,* 1779, 8 vol.
in-8, fig. de Marillier, v. f.

57. OEuvres de P. Corneille, avec des commentaires. *S. l.*, 1764, 11 vol. in-8, fig. de Gravelot, v.
marbr. fil.

58. OEuvres de J. Racine, avec des commentaires,
par J.-L. Geoffroy. *Paris, Le Normant*, 1808,
7 vol. in-8, portr. et fig. v. marbr. fil.

59. OEuvres de L. Racine. *Paris, Le Normant*,
1808, 6 vol. in-8, portr. v. marbr. fil.

60. OEUVRES DE MOLIÈRE, avec des remarques
grammaticales, par M. Bret. *Paris, libraires associés*, 1773, 6 vol. in-8, fig. de Moreau, v. gr. fil.
tr. dor.

61. OEuvres complètes d'Alexis Piron, publiées par
M. Rigoley de Juvigny. *Neuchâtel*, 1777, 7 vol.
in-8, portr. v. marbr. fil.

62. Le Théâtre de M. Baron. *Paris, libraires associés*, 1759, 3 vol. pet. in-12, mar. citr. fil. tr.
dor.

63. Les Amours de Daphnis et Chloé (par Longus,
trad. par Amyot). *A Mithylène (Cazin)*, 1783,
in-18, fig. mar. v. fil. tr. dor. (*Rel. anc.*)

64. LES OEUVRES DE M. FRANÇOIS RABELAIS. *S. l.*,
(*Elz.*), 1663, 2 vol. pet. in-12, mar. r. fil. tr.
dor. (*Derome.*)

Bel exemplaire. Hauteur : 130 millim.

65. Histoire maccaronique de Merlin Coccaie, pro-
totype de Rablais (*sic*). *Paris, Toussaincts
Du Bray*, 1606, 2 vol. in-12, v. gr.

66. Le Moyen de parvenir (par Beroalde de Ver-
ville). *Nulle part*, 10070039, 2 vol. pet. in-12,
mar. r. fil. tr. dor. (*Rel. anc.*)

67. Contes et Nouvelles, et joyeux devis, de Bonaventure Des Périers. *Amsterdam, J.-Fr. Bernard*,
1711, 2 vol. pet. in-12, mar. v. fil. tr. dor. (*Rel.
anc.*)

68. Les Aventures de Télémaque, fils d'Ulysse, par Fénelon. *Paris, Ancelle*, 1798, 2 vol. in-8, fig. v. marbr. fil.

69. Histoire d'Hippolyte, comte de Douglas (par la comtesse d'Aulnoy). *Paris, Guil. Cavelier*, 1699, 2 vol. in-12, mar. r. fil. tr. dor. (*Aux armes.*)

70. La Princesse de Clèves (par Mme de la Fayette). *Paris, libraires associés*, 1764, 2 vol. pet. in-12, v. marbr.

71. Heures perdues et divertissantes du chevalier de** (Rior) (par Gayot de Pitaval). *Amsterdam*, 1716, in-12, mar. r. fil. tr. dor. (*Rel. anc.*)

72. Le Siége de Calais, nouvelle historique (par la marquise de Tencin et Pont-de-Vesle). *La Haye, P. de Hondt*, 1740, 2 tom. en 1 vol. pet. in-12, v. f.

73. Mémoires du chevalier de Ravanne. *Liége*, 1740, 2 vol. pet. in-8, v. f. fil. tr. dor.

74. Pygmalion, ou la Statue animée (par Deslandes). *Londres, Harding (Paris)*, 1741, pet. in-12, v. f. fil. tr. dor.

75. Histoire d'une Grecque moderne, par M. l'abbé Prévost. *Amsterdam, Jean Catuffe*, 1741, 2 vol. pet. in-12, v. marbr.

76. Les Époux réunis, ou le Missionnaire du temps. *A Berg-op-Zoom, chez Pierre la Bombe*, 1749, 2 part. en 1 vol. pet. in-12, v. marbr.

77. Le Masque, ou anecdotes particulières du chevalier de*** (par le marquis du Terrail). *Amsterdam, P. Mortier*, 1750, in-12, mar. r. fil. tr. dor. (*Rel. anc.*)

78. Mémoires et Aventures d'un homme de qualité qui s'est retiré du monde (par l'abbé Prévost). *Amsterdam et Paris, Martin*, 1756, 6 vol. pet. in-12, v. marbr.

79. Histoire du chevalier Des Grieux, et de Manon
Lescaut (par l'abbé Prévost). — Suite de l'Histoire
du chevalier Des Grieux et de Manon Lescaut.
Amsterdam, 1756-1762. 4 vol. pet. in-12, fig. v.
marbr.

80. Le Diable boiteux, nouvelle édition, augmentée d'une journée des Parques, par M. le Sage. *Paris, Damonneville,* 1756, 2 vol. pet. in-12, fig. v.
marbr.

81. OEuvres badines et morales de M. Cazotte, nouvelle édition, corrigée et augmentée. *Londres,*
(*Cazin*), 1788, 7 vol. in-18, fig. bas.

82. Vie et Amours du chevalier de Faublas, par
M. Louvet de Couvray. *Londres et Paris, Bailly,*
1790, 13 part. en 8 vol. in-18, v. marbr.

83. Le Château d'Albert, ou le Squelette ambulant,
traduit de l'anglais par Cantwell. *Paris, Ancelle,
an VII,* 2 vol. in-18, fig. bas.

84. OEuvres complètes de Berquin. *Paris, André,*
1802, 28 vol. in-18, fig. de Marillier, Monnet,
etc. Bas.

85. Les Contes de Pogge, Florentin, avec des réflexions. *Amsterdam, J.-Fr. Bernard,* 1712, pet.
in-12, mar. v. fil. tr. dor. (*Rel. anc.*)

86. La Vie et les aventures surprenantes de Robin-
son Crusoé (par D. de Foé). *Amsterdam, T. van
Harrevell,* 1770, 3 vol. in-12, fig. de B. Picart, v.
f. fil. tr. dor. (*Taches d'humidité.*)

87. Lettres de Ninon de Lenclos au marquis de Sé-
vigné. *Londres, John Nourse,* 1751, in-12, mar. v.
fil. tr. dor. (*Rel. anc.*)

88. Lettres choisies du sieur de Balzac. *Amsterdam,
Elzeviers,* 1656, pet. in-12, titre gr. mar. r. fil.
tr. dor. (*Rel. anc.*)

89. Lettres familières de **M.** de Balzac à **M.** Chape-
lain. *Leiden, J. Elsevier,* 1656, pet. in-12, mar. r.
fil. tr. dor. (*Rel. anc.*)

90. Lettres de feu **M.** de Balzac à **M.** Conrart. *Leide,
J. Elsevier,* 1659, pet. in-12, titre gr. mar. r. fil.
tr. dor. (*Rel. anc.*)

91. Les Lettres de **M.** de Voiture. *Nimwege, André
Hogenhüyse,* 1660, pet. in-12, mar. r. fil. tr.
dor. (*Rel. anc.*)

Joli exemplaire.

92. Lettres de Mlle Aïssé à Mme C..... *Paris, la
Grange,* 1787, pet. in-12, v. marbr.

93. Les Colloques d'Érasme, nouvelle traduction
par M. Gueudeville. *Leide, P. Vander Aa,* 1720,
6 vol. in-12, fig. v. f.

94. Les Entretiens d'Ariste et d'Eugène (par le
P. Bouhours). *Amsterdam, Jacques le Jeune,*
1671, pet. in-12, front. gravé, mar. r. fil. tr. dor.
(*Derome.*)

95. Les Entretiens de feu **M.** de Balzac. *Leide,
J. Elsevier,* 1659, pet. in-12, mar. r. fil. tr. dor.
(*Rel. anc.*)

96. Menagiana, ou les bons mots, et remarques critiques, historiques, morales et d'érudition de
M. Ménage, recueillies par ses amis. *Paris, Florentin Delaulne,* 1715, 4 vol. in-12, v. marbr.

97. Cymbalum mundi, ou dialogues satiriques sur
différens sujets, par Bonaventure des Perriers.
Paris, Pr. Marchand, 1711, pet. in-12, fig. mar.
v. fil. tr. dor. (*Rel. anc.*)

98. Parallele des anciens et des modernes, en ce
qui regarde les arts et les sciences, par **M.** Per-
rault. *Paris, veuve J-B. Coignard,* 1692, 4 vol.
in-12, v. gr.

99. Nouveaux Mémoires d'histoire, de critique et
de littérature, par M. l'abbé d'Artigny. *Paris,
de Bure l'aîné*, 1749-56, 7 vol. in-12, v. marbr.

100. Journal historique, ou Mémoires critiques et
littéraires, par Ch. Collé. *Paris*, 1807, 3 vol.
in-8, v. marbr. dent.

101. Correspondance littéraire, philosophique et
critique, par le baron de Grimm et par Diderot.
Paris, Longchamps, 1813, 17 vol. in-8, portr.
bas.

102. Les OEuvres diverses du sieur de Balzac, aug-
mentées en cette édition de plusieurs pièces nouvelles. *Amsterdam, Daniel Elzevier*, 1664, pet.
in-12, titre gravé, mar. r. fil. tr. dor. (*Rel. anc.*)

103. OEuvres diverses de M. de la Fontaine. *Paris, Leclerc et Bailly*, 1758, 8 vol. pet. in-12, v.
f. fil. tr. dor.

104. OEuvres de M. de Saint-Évremond. *S. l.*,
1753, 12 vol. pet. in-12, v. marbr.

105. OEuvres de Voltaire. *S. l.*, 1775, 40 vol. in-8,
fig. v. éc. fil.

106. OEuvres agréables et morales, ou Variétés littéraires du marquis de Pezai. *Liége, Lemarié*,
1791, 2 vol. in-18, fig. d'Eisen, v. f. fil. tr. dor.
(*Taches d'humidité.*)

107. OEuvres complettes de Louis de Saint-Simon.
Strasbourg, J.-G. Treuttel, 1791, 13 vol. in-8,
bas.

HISTOIRE.

108. Histoire des Empires et des Républiques, depuis le déluge jusqu'à Jésus-Christ, par M. l'abbé Guyon. *Paris, Guérin*, 1736, 3 vol. in-12, v. gr.

109. Apologie pour Hérodote, ou traité de la conformité des merveilles anciennes avec les modernes, par Henri Estienne. *La Haye, H. Scheurleer*, 1735, 3 vol. pet. in-8, fig. v. marbr. fil.

110. Histoire des Juifs, écrite par Flavius Josèphe, traduite du grec par M. Arnauld d'Andilly. *Bruxelles, Eug.-Henry Fricx*, 1701-1703, 5 vol. pet. in-8, fig. v. gr.

111. La Monarchie des Hébreux, par le marquis de Saint-Philippe, traduit de l'espagnol (par la Barre de Beaumarchais). *La Haye, Alberts*, 1727, 4 vol. in-12, v. f.

112. Histoire des Juifs et des peuples voisins, par M. Prideaux, traduit de l'anglois. *Amsterdam, Henri du Sauzet*, 1728, 6 vol. in-12, fig. v. f.

113. Histoire du Peuple de Dieu, depuis son origine jusqu'à la naissance du Messie, par le P. J.-J. Berruyer. *Paris, Bordelet*, 1742, 10 tomes en 23 vol. in-12, v. marbr.

114. Mémoires historiques, critiques, et anecdotes des reines et régentes de France (par Dreux du Radier). Nouvelle édition, augmentée. *Amsterdam, M. Rey*, 1776, 6 vol. in-12, bas.

115. Mémoires de Messire Jean, sire de Jonville, seneschal de Champagne. *Paris, Jacques Cottin*, 1666, in-12, mar. r. fil. tr. dor. (*Rel. anc.*)

116. Mémoires de la Reyne Marguerite. *Goude, imprimez chez Guil. de Hoeve*, 1649, pet. in-12, mar. r. fil. tr. dor. (*Derome.*)

Raccommodage au titre et mouillures.

117. LES MÉMOIRES de Messire Philippe de Commines, sieur d'Argenton. *Leide, Elzeviers*, 1648, in-12, mar. r. fil. tr. dor. (*Rel. anc.*)

Joli exemplaire. Hauteur : 128 millim.

118. Satyre Ménippée de la vertu du Catholicon d'Espagne et de la tenue des estats de Paris ; nouvelle édition augmentée de nouvelles remarques sur tout l'ouvrage (par le Duchat). *Ratisbonne, Kerner (Amsterdam, Desbordes)*, 1699, in-12, fig. v. gr.

119. Histoire du roy Henry le Grand, composée par messire Hardouin de Perefixe. *Amsterdam, L. et D. Elzevier*, 1661, pet. in-12, front. gravé, mar. r. fil. tr. (*Rel. anc.*)

Joli exemplaire. Hauteur : 130 millim.

120. Mémoires historiques et secrets concernant les amours des rois de France (publiés par le marquis d'Argens). *Paris, vis-à-vis le Cheval de bronze (Amsterdam)*, 1739, pet. in-12, mar. v. fil. tr. dor. (*Rel. anc.*)

121. Histoire des Amours de Henry IV avec diverses lettres escrites à ses maîtresses et autres pièces curieuses. *Leyde, J. Sambyx*, 1663, pet. in-12, mar. v. fil. tr. dor. (*Derome.*)

122. Les Mémoires des troubles arrivez en France sous les règnes des rois Charles IX, Henry III et Henry IV, par M. de Ville-Gomblain. *Paris, J. Guillery*, 1667, 2 tom. en 1 vol. in-12, mar. r. fil. tr. dor. (*Rel. anc.*)

123. LA VIE de messire Gaspar de Colligny, seigneur de Chastillon, admiral de France, à laquelle sont adjoustés ses mémoires sur ce qui se passa au siége de Saint-Quentin. *Leyde, Elzevier*, 1643, pet. in-12, mar. r. fil. tr. dor. (*Rel. anc.*)

124. MÉMOIRES DU MARESCHAL DE BASSOMPIERRE, contenant l'histoire de sa vie et de ce qui s'est fait de plus remarquable à la cour de France pendant quelques années. *Cologne, Pierre du Marteau*, 1666-68, 4 vol. pet. in-12, portr. mar. r. fil. tr. dor. (*Derome.*)

Bel exemplaire. Hauteur : 130 millim.

125. Mémoires de M. de Beauvais-Nangis, ou l'histoire des favoris françois depuis Henry II jusques à Louys XIII. *Paris, P. Bienfait*, 1665, pet. in-12, mar. r. fil. tr. dor. (*Derome.*)

126. Mémoires des divers emplois et des principales actions du maréchal du Plessis (rédigés par César de Choiseul, son frère). *Paris, Cl. Barbin*, 1676, pet. in-12, mar. r. fil. tr. dor. (*Rel. anc.*)

127. Mémoires de messire Jaques de Saulx, comte de Tavannes. *Cologne, P. Marteau*, 1691, pet. in-12, portr. mar. r. fil. tr. dor. (*Rel. anc.*)

128. Discours politiques du duc de Rohan, faits en divers temps, sur les affaires qui se passoient. *S. l. (à la Sphère)*, 1646, pet. in-12, mar. r. fil. tr. dor. (*Rel. anc.*)

129. Histoire du connestable de Lesdiguières, contenant toute sa vie, avec plusieurs choses mémorables, servant à l'histoire générale, par Louis Videl. *Paris, Fr. Mauger*, 1666, 2 vol. in-12, mar. v. dent. tr. dor. (*Rel. anc.*)

130. Mémoires de la vie de Frédéric-Maurice de la Tour d'Auvergne, duc de Bouillon. *Paris, P. Trabouillet*, 1692, pet. in-12, mar. r. fil. tr. dor. (*Rel. anc.*)

131. MÉMOIRES DE MONSIEUR DE MONTRÉSOR. *Leyde, Jean Sambix*, 1665, 2 vol. pet. in-12, mar. r. fil. tr. dor. (*Derome.*)

Bel exemplaire. Hauteur : 126 millim.

132. Mémoires contenant divers événemens remarquables arrivés sous le règne de Louis le Grand, l'estat où estoit la France lors de la mort de Louis XIII. *Cologne, P. Marteau,* 1684, pet. in-12, mar. r. fil. tr. dor. (*Rel. anc.*)

133. Journal de M. le cardinal duc de Richelieu, qu'il a faict durant le grand orage de la court, en l'année 1630 et 1631, tiré de ses mémoires qu'il a escrits de sa main. *S. l.,* 1648, 2 vol. pet. in-12, mar. fil. tr. dor. (*Rel. anc.*)

134. Journal de M. le cardinal de Richelieu, qu'il a fait durant le grand orage de la cour, es années 1630 et 1631; tiré des mémoires écrits de sa main. *Amsterdam, Abraham Wolfgank,* 1664, 2 part. en 1 vol. pet. in-12, portr. mar. r. fil. tr. dor. (*Rel. anc.*)

Légères mouillures. Hauteur : 131 millim.

135. Mémoires de M. Deageaut, envoyez à M. le cardinal de Richelieu. *Grenoble, Ph. Charnys,* 1668, in-12, mar. r. fil. tr. dor. (*Derome.*)

136. Mémoires de Henry, dernier duc de Mont-Morency, contenant tout ce qu'il y a de plus remarquable depuis sa naissance jusqu'à sa mort. *Paris, Fr. Mauger,* 1666, in-12, mar. r. fil. tr. dor. (*Rel. anc.*)

Légères piqûres de vers dans la marge du bas.

137. Mémoires de M{{lle}} de Montpensier. *Londres,* 1746, 7 vol. in-12, v. gr.

138. Histoire de M{{lle}} Henriette d'Angleterre, par dame Marie de la Vergne, comtesse de la Fayette. *Amsterdam, J.-Fr. Bernard,* 1742. — Mémoires de la cour de France pour les années 1688 et 1689, par la même. *Amsterdam, J.-Fr. Bernard,* 1742, in-12, v. f. dent. tr. dor.

139. Mémoires de feu M. le duc d'Orléans, contenant ce qui s'est passé en France de plus considérable, avec un journal de sa vie. *Amsterdam,*

P. Mortier, 1685, pet. in-12, mar. r. fil. tr. dor.
(*Rel. anc.*)

140. Mme de Maintenon, par M. Regnault-Warin.
Paris, Frechet, 1806, 4 vol. in-12, portr. v.
marbr.

141. Lettres de Mme de Maintenon à diverses per-
sonnes et à M. d'Aubigné. *Amsterdam*, 1756,
9 vol. — Mémoires pour servir à l'histoire de
Mme de Maintenon. *Amsterdam*, 1755-56, 6 vol.
Ensemble 15 vol. in-12, portr. v. gr. fil.

142. Histoire amoureuse des Gaules. *S. l. n. d.*,
pet. in-12, titre gravé, mar. v. fil. tr. dor.
(*Rel. anc.*)

Joli exemplaire. Hauteur : 125 millim.

143. Histoire amoureuse des Gaules, par le comte
de Bussi-Rabutin. *S. l.*, 1754, 5 vol. in-12, v.
marbr.

144. Amours des Dames illustres de France sous le
règne de Louis XIV (par Bussy-Rabutin). *Cologne,
Pierre Marteau, s. d.*, 2 vol. pet. in-12, fig. v. f.

145. Mémoires des avantures singulières de la cour
de France (par la comtesse d'Aulnoy). *La Haye,
J. Alberts*, 1692, 3 part. en 1 vol. pet. in-12, v.
f. fil. (*Titre doublé.*)

146. La France galante, ou histoires amoureuses de
la cour sous le règne de Louis XIV. *Cologne,
P. Marteau, s. d.*, 2 vol. in-12. fig. v. f.

147. La Vie de la duchesse de la Vallière, où l'on
voit une relation curieuse de ses amours et de sa
pénitence, par***. *Cologne, chez Jean de la Vé-
rité*, 1695, pet. in-12, fig. mar. v. fil. tr. dor.
(*Rel. anc.*)

148. Les Mémoires de messire Roger de Rabutin,
comte de Bussy. *Amsterdam, J. Chatelain*, 1731,
3 vol. — Lettres du même. *Amsterdam, J. Chatelain*, 1738, 6 vol. Ensemble 9 vol. in-12, portr.
v. f. fil. tr. dor. (*Taches d'humidité.*)

149. Mémoires de M. de Lyonne au roy. *S. l.*, 1668, pet. in-12, mar. r. fil. tr. dor. (*Rel. anc.*)

150. Mémoires du comte de Brienne. *Amsterdam, J.-F. Bernard,* 1719, 3 vol. pet. in-8, v. f. dent. tr. dor.

151. Lettres de Mme la marquise de Villars, ambassadrice en Espagne. *Amsterdam et Paris, M. Lambert,* 1759, pet. in-12, bas.

152. Histoire du maréchal de Gassion, où l'on voit diverses particularités remarquables qui se sont passées sous le ministère des cardinaux de Richelieu et de Mazarin. *Amsterdam, J.-Louis de Lorme,* 1696, 4 tom. en 2 vol. in-12, fig. mar. v. dent. tr. dor. (*Rel. anc.*)

153. Les Souvenirs de Mme de Caylus. *Amsterdam, Marc-Michel Rey,* 1770, pet. in-8, v. f. dent. tr. dor.

154. Mémoires de messire Robert Arnauld d'Andilly, écrits par lui-même. *Hambourg, impr. d'A. Vanden-Hoeck,* 1734, 2 part. en 1 vol. pet. in-8, v. gr.

155. Annales de la Cour et de Paris, pour les années 1697 et 1698. *Cologne, P. Marteau,* 1702, 2 vol. in-12, mar. r. fil. tr. dor. (*Rel. anc.*)

156. Mémoires de la Régence (par le chevalier de Piossens), nouvelle édition considérablement augmentée (par Lenglet du Fresnoy). *Amsterdam,* 1749, 5 vol. pet. in-12, portr. et fig. v. marbr.

157. Curiosités historiques, ou recueil de pièces utiles à l'histoire de France, et qui n'ont jamais paru. *Amsterdam,* 1759, 2 vol. in-12, v. f.

158. Mémoires d'État, par M. de Villeroy. *Amsterdam,* 1723, 7 vol. pet. in-12, v. gr. fil.

159. Mémoires du maréchal duc de Richelieu. *Paris, Buisson,* 1793, 9 vol. in-8, portr. et plans, v. fil.

160. Vie privée de Louis XV, ou principaux événemens, particularités et anecdotes de son règne
(par Moufle d'Angerville, avocat). *Londres, Lyton*,
1781, 4 vol. in-12, portr. v. f. fil. tr. dor.

161. Les Fastes de Louis XV, de ses ministres,
maîtresses, généraux et autres personnages de son
règne (par Bouffonidor). *Villefranche, chez la
veuve Liberté*, 1782, 2 vol. in-12, v. f. fil. tr. dor.

162. Histoire du prince Apprius, extraite des fastes du monde depuis sa création : manuscrit per-
san trouvé dans la bibliothèque d'un roi de Perse ;
traduction françoise, par messire Esprit (par de
Beauchamps), gentilhomme provençal. *Imprimé
à Constantinople*, 1729, pet. in-12, mar. v. fil. tr.
dor. (*Rel. anc,*)

163. Les Amours de Zeokinizul, roi des Kofirans,
ouvrage traduit de l'arabe du voyageur Krinelbol
(composé par Crébillon fils). *Amsterdam, Michel*,
1747, pet. in-12, mar. v. fil. tr. dor. (*Rel. anc.*)

164. Mémoires secrets pour servir à l'histoire de
Perse (par Pecquet). *Amsterdam*, 1745, pet. in-8,
v. f. fil. tr. dor.

165. Mémoires secrets pour servir à l'histoire de
Perse (par Pecquet). *Berlin, aux dépens de la com-
pagnie*, 1759, pet. in-12, mar. r. fil. tr. dor.
(*Rel. anc.*)

166. Lettres originales de Mme la comtesse
Du Barry, avec celles des princes, seigneurs, ministres et autres qui lui ont écrit et qu'on a pu re-
cueillir, etc. (par Pidansat de Mairobert). *Londres*, 1779, in-12, v. f. dent. tr. dor. (*Taches
d'humidité.*)

167. Mémoires du comte de Maurepas, avec onze
caricatures du temps, gravées en taille douce.
Paris, Buisson, 1792, 4 vol. in-8, v. marbr. fil.

168. Mémoires concernant l'administration des fi-
nances sous le ministère de M. l'abbé Terrai (par

Coquereau, avocat). *Londres, J. Adamson,* 1776, in-12, v. f. dent. tr. dor.

169. Les Actes des Apôtres, depuis le mois de novembre 1789, jusqu'au mois d'octobre 1791 (publiés par M. Peltier). *S. l. n. d.,* 20 vol. in-12, bas.

170. Histoire de la guerre de la Vendée et des Chouans, depuis son origine jusqu'à la pacificatio de 1800, par Alphonse Beauchamp. *Paris, Giguet et Michaud,* 1806, 3 vol. in-8, v. marbr. fil.

171. Histoire de la ville et de tout le diocèse de Paris, par M. l'abbé Lebeuf. *Paris, Prault père,* 1754-58, 15 tom. en 11 vol. in-12, v. marbr.

172. Histoire de l'Université de Paris depuis son origine jusqu'en 1600, par M. Crevier. *Paris, Desaint et Saillant,* 1761, 7 vol. in-12, v. marbr.

173. Histoire secrète de Bourgogne (par Mlle Caumont de la Force). *Amsterdam, Ledel,* 1729, 2 vol. pet. in-12, v. gr.

174. L'Espion dans les cours des princes chrétiens (par Marana). *Cologne, Erasme Kinkius,* 1739-46, 7 vol. in-12, portr. mar. r. fil. tr. dor. (*Rel. anc.*)

175. Les Amours de Messaline, ci-devant reine de l'isle d'Albion, où sont découverts les secrets de l'imposture du prince de Galles, de la ligue avec la France, et quelques autres intrigues de la cour d'Angleterre, depuis ces quatre dernières années, par une personne de qualité, confidente de Messaline. *Cologne, P. Marteau,* 1689, pet. in-12, mar. v. dent. tr. dor. (*Rel. anc.*)

176. Histoire de Guillaume de Nassau, prince d'Orange, par M. Amelot de la Houssaye. *Londres,* 1754, 2 vol. in-12, marbr.

177. Tablettes historiques, généalogiques et chronologiques (par Chasol de Nantigny). *Paris,* 1749-1757, 8 vol. pet. in-12, v. marbr.

Paris. — Typographie de Georges Chamerot, rue des Saints-Pères, 19.